Anatomie d'une absence

Dans la même collection

L'émergence d'une île de Lucie Doublet

Remerciements

Laura, Xavier, Lucie, Jean-Claude, Ivette, Gérard, Benoît, Vincent, Thomas, Tania, Rémi, Mary

Laura Leoni

Anatomie d'une absence

C'est une douleur liquide qui s'insinue partout et dissout la structure interne des êtres.

C'est un malheur qui vous tarit, une peine sans horizon et qui occupe la vie entière.

La Collection privée du Capitaine

Édition
© Les Cahiers de L'Égaré
669 route du Colombier - 83200 Le Revest-les-Eaux

© La Collection privée du Capitaine
Dir. Baptiste Moussette
Baptiste Moussette - Chez Mme Buttigieg
14 rue des Gobelins - 75013 Paris

ISBN : 978-2-35502-055-1
EAN : 9782355020551

Pour commander écrire à : baptiste.moussette@gmail.com

à Xavier

Personnages

Louise, environ 26 ans

Ada, sœur de Louise, environ 20 ans

Mathieu, frère défunt de Louise et Ada, 27 ans

Christine, mère de Louise, Ada, Mathieu ; environ 50 ans

Philippe, père de Louise, Ada, Mathieu ; environ 50 ans

Pierre, ami de Philippe et ancien amant de Louise, la quarantaine

Julien, futur époux de Ada, environ 26 ans

Prologue

Lumière.
Pierre seul en scène. Il tient une feuille de papier chiffonnée dans sa main, il la déplie et la lit à haute voix.

Pierre — « Pierre, ça fait longtemps que tu ne réponds plus aux lettres, ceux qui veulent me rassurer disent qu'elles ne t'arrivent pas. Mon écriture ne m'a jamais tant fait horreur, elle dresse la liste de tes silences et me laisse des taches noires au bout des doigts. Mathieu est malade. Il a un sourire doux, mais depuis quelques temps j'ai peur qu'il s'endorme. La nuit je lui raconte notre enfance comme pour le garder un peu. Le médecin est inquiet, il évite les questions de Maman, quand il vient je marche jusqu'au village pour voir les gamins se courir après. Ils ont des entailles aux mollets pour prouver qu'ils sont courageux, maintenant ils ne pleurent plus quand ils tombent. C'est l'âge qui veut ça. Leurs cris se cognent aux murs et pendant un instant la rue joue les boîtes à musique. Les images qu'ils me laissent, je les cloue à ma porte avant que la peur ne s'avise d'entrer. Pierre, dix ans c'est assez pour fuir, viens nous voir. Viens comme l'ami de mon père, il a vieilli et son fils est mourant. »

Il replie la lettre et la glisse dans sa poche.

Tu m'écris tout ça en hâte sur une feuille de papier qu'on croirait arrachée à un cahier d'écolière. Il m'a fallu trois jours pour venir. Trois jours, c'est long. Ils l'enterreront dimanche. Ta mère a dû lui mettre son costume bleu, parce qu'il est presque neuf et qu'il lui va bien. Je reviens, Louise, j'ai honte, tes mots te dessinent à haute voix et je te trouve un air sévère. Il y a des marques sur mon visage que tu ne pardonneras pas. Ce matin j'arriverai seul au port. Chaque rivage a son odeur, je reconnais celle du mien. Lumière vacillante, chaleur moite du pont, la fatigue m'écrase, je n'arrive même pas à me plaindre. Écœuré par deux heures de mauvais sommeil, j'admire la côte. Voilà mon chez moi, penchez-vous sur cette terre, vous y trouverez des os et l'aliment d'un monde qui m'a connu enfant. J'écoute les marins parlant de filles et le crissement mat des cordes glissant contre le métal, triste mélodie du retour, écho lointain des hommes.

Noir.

Scène I

Lumière.
Une chambre de jeune homme.
Sur le lit, Mathieu est étendu, les bras le long du corps.
Ada et Louise l'observent en silence. Ada est enceinte.

Ada — Il est beau.

Louise — Bien sûr.

Ada — Ce sera un grand enterrement, il y aura beaucoup de monde. Papa a tout organisé, il veut le meilleur pour son garçon, Maman a téléphoné au fleuriste.

Louise — Mathieu n'aurait pas voulu tout ça.

Ada — Ne sois pas mauvaise.

Louise — Je pourrais être bien pire. Maman a pris une mèche de ses cheveux tout à l'heure.

Ada — Moi aussi.

Louise — La maison va devenir un reliquaire.

Ada — Il faut bien des souvenirs.

Louise — Il y en a déjà trop.

Ada — À force d'éventrer l'existence pour la voir de dedans, on garde de vilaines images. Tu es devenue trop rude pour pouvoir effleurer, tout t'abîme.

Louise — Je hais cette chambre qui n'est plus la sienne, je hais ton regard plein d'une ingrate compassion. Ta tristesse est vulgaire.

Ada — Tant mieux, la tienne n'en aura que plus d'éclat.

Louise — Tu es mesquine.

Ada — Tu es l'aînée, j'ai l'habitude de ton ombre.

Louise — Ils sont trop clairs ces vêtements, on le croirait habillé pour des noces.

Ada — Tu devrais garder tes mots pour les reproches importants.

Louise — Dans le sud, le deuil est un lieu de silence, une accumulation absurde de secrets que les anciens éclairent à la bougie. De quoi sont fait les gens de notre espèce, je me demande. À quoi bon ces larmes gardées au fond du ventre dont le passé fait des torrents ?

Ada — Tu aurais pu mettre une robe. Quelque chose de plus joli.

Louise — Ce n'est pas ma veillée mortuaire, c'est la sienne, quel intérêt que je sois présentable ? Les yeux des curieux n'ont rien à faire sur moi. C'est maman qui a choisi cette chemise ? Il l'aurait trouvée bête.

Ada — Mathieu aimait que tu te fasses belle. Moi aussi. Petite je te regardais brosser tes cheveux, j'étais minuscule dans ma robe en dentelle, toi tu commençais à ressembler aux adultes. Le miroir renvoyait ton visage avec son chaos de lignes droites et ses fossettes complices. Ce n'était pas vraiment de la jalousie, mais parfois j'imaginais que ce reflet, c'était moi derrière ton épaule.

Louise — Tu n'as plus l'âge de me penser sans défauts, je n'ai pas à supporter ça.

Ada — Moi j'aime cette chemise, je trouve qu'elle lui va bien.

Louise — Je n'ai pas envie d'une dispute.

Ada — Tu sais que tu aurais trop vite le dessus.

Louise — A cet instant précis je t'aime autant que je peux.

Ada baisse la tête.

Ada — La pièce est vide de quelque chose.

Louise — C'est un bruit que tu cherches.

Ada — Un bruit ?

Louise — Oui, un coup régulier, une musique de tous les jours.

Ada — Comme un cœur ?

Louise — C'est vrai que cette musique là aussi manque, mais ce que tu cherches est plus simple. Plus métallique aussi.

Ada reste interdite.

Louise — Tu ne devines pas ?

Louise désigne l'horloge d'un mouvement de tête.

Ada — Bien sûr, quoi d'autre, bien sûr.

Louise — Si ça ne tenait qu'à moi on la laisserait toujours ainsi, ses coups me poursuivent jusque dans la chambre d'à côté… ça me rappelle la voix de maman, c'est tout aussi inévitable.

Ada — Louise, pourquoi est-ce qu'on arrête les horloges quand quelqu'un meurt ?

Louise — C'est pour signifier au défunt que pour lui le temps s'est arrêté.

Ada — Pour nous aussi.

Louise — En faisant ça, on lui montre qu'il est hors du monde, qu'il doit s'en aller.

Ada — Sinon il ne comprendrait pas ?

Louise — Je n'en sais rien. Certains vident aussi l'eau des vases afin que l'âme ne s'y installe pas. Les morts traînent toujours une part de reproches dans leur sillage. Personne ne veut rendre de comptes. Quand on a bonne mémoire on a peur, la nuit, de ce qui hante les maisons.

Ada — Et les veillées, c'est aussi pour faire partir les esprits ?

Louise — Non, ça c'est un mensonge. Un acte de détachement. Une manière d'osciller au-dessus du vide et d'y attendre l'instant où, écœurée par notre inertie, la nuit nous recrachera dehors, hébétés et confus, assaillis par le vacarme des rues où les hommes vivent encore. On habille les morts pour cacher la carne, pour jouer à la vie quelques secondes de plus. « Regardez, il est beau, on dirait qu'il dort. »

Ada — Nous l'avons toujours fait, Papa dit qu'il faut savoir dire au revoir.

Louise — Papa fait les comptes. Combien pour un cercueil en chêne ? Combien pour une messe ? Combien pour faire les choses comme il faut ? C'est important qu'il ait l'air aimé, que tout le monde sache. Si les fleurs sont belles, on nous plaindra beaucoup.

Ada — Je ne veux pas t'écouter.

Louise — Il faut plus que des draps propres et un costume pour gommer l'aspect physique de la mort. Son écœurant déballage de chair. Notre viande privée de son âme. Un cadavre n'a rien de sacré, c'est une faute de goût.

Ada — Sans tradition, il n'y a pas de famille, seulement des gens avec le même nom et quelques soupirs en commun.

Louise — Tu es une bonne fille, Ada, je fais de mon mieux pour ne pas t'en vouloir.

Ada pose les mains sur son ventre.

Ada — J'ai parlé avec Julien, si c'est un garçon nous l'appellerons Mathieu.

Louise — À quoi bon.

Ada — Je ne sais pas. Pour qu'il y ait un après.

Louise — Laisse ça à la terre, les enfants n'ont pas à porter le nom des mort, ils ont déjà bien assez à faire avec les regrets des vivants.

Ada — Je peux choisir un autre prénom, mais tu n'oublieras pas plus vite.

Louise — C'est une idée idiote.

Ada — Julien y tient beaucoup.

Louise — Julien a perdu un ami ; nous, nous pleurons un frère, il n'a rien à dire, il n'y joue pas son sang.

Ada — Pourquoi tellement lui en vouloir ?

Louise — Pourquoi tout lui passer ?

Ada — Il est meilleur que tu ne le penses.

Louise — Sans doute, ça n'a aucune importance.

Ada — Il n'empêche que quand je t'ai en face, ma constance me fait horreur, j'ai peur qu'elle le dégoûte de moi.

Louise — Il serait bien bête.

Ada — Il serait humain. On se lasse toujours trop vite de ce qu'on n'a pas eu de mal à vaincre. Et quel besoin de chérir ce qu'on se sait incapable de perdre ?

Louise — Certains aiment ne pas avoir à lutter, la simplicité en amour est sans doute la plus belle des choses. On ne peut rien pour les yeux qui se plaisent à voir des chaînes là où l'affection tisse des liens. Tous les hommes ne sont pas inconstants, Ada.

Ada — Pierre est arrivé tôt ce matin.

Louise — Je sais, ils lui ont donné la chambre au-dessus de la mienne. J'ai entendu son pas faire râler les lattes. Le couloir empeste le bourbon.

Ada — Vous vous êtes vus ?

Louise — Non, il dort encore.

Ada — C'est toujours le meilleur ami de Papa ?

Louise — Ils ont grandi ensemble, mais je ne sais pas si ça veut encore dire quelque chose.

Ada — Il venait souvent à la maison.

Louise — Certains week-ends et pour les vacances.

Ada — J'étais gamine quand il est parti. Je ne me souviens plus… Est-ce qu'il est beau ?

Louise — Sans doute que non.

Ada — Tu disais qu'il l'était.

Louise — J'avais 16 ans et trop peu l'expérience des visages d'homme. Le beau est une chose creuse que l'on remplit avec des bêtises.

Ada — Julien est beau ?

Louise — C'est le père de ton enfant, il sera tout ce que tu voudras.

Ada — Il est séduisant, c'est pire.

Louise — C'est possible.

Ada — Je t'ennuie donc à ce point ?

Louise — Je trouve tes angoisses de midinette déplacées et j'ai mieux à faire. Mais tu n'y es pour rien, je ne te changerai pas.

Ada — Crois bien que je le regrette.

Louise — Je ne suis pas responsable de toi.

Ada — Ce sera épuisant si, en plus de souffrir, il faut nous battre.

Louise — Si tu veux un prénom pour ton fils donne-lui celui de Papa. Avec un peu de chance c'est le prochain sur la liste.

Ada — Je vais te laisser.

Louise — Oui, fais donc ça.

Ada sort, Louise s'approche de Mathieu.

Louise — C'est drôle comme ton visage se dessine sous d'autres lumières. Le silence a avalé ta langue. Sous ce toit privé d'heure, je te vois partout. Courbé comme au début du monde, avec tes mains d'homme qui ne sait plus mentir. Est-ce qu'après la mort, on oublie qu'on a une maison quelque part ? Une porte avec son nom et des voix juste derrière. Trop de poussière pour ne pas s'en vouloir un peu. Elle me fait peur, la vie rangée dans les placards. Des petits soldats avec des guerres de fin d'après-midi. À l'époque où l'on peut encore choisir qui gagne. Hier, j'ai trouvé un mot avec ton écriture, j'ai pleuré fort et mal. Comme ces enfants qui cherchent en gémissant la pitié d'un regard adulte. Il viendra un jour où mes fugues n'étonneront plus personne. Un moment où se débrouiller seule sonnera comme une sale évidence. Toi, on te rangera dans un coin. Jouet passé de mode, passé tout court. Ailleurs, casé dans sa boîte trop fine où l'eau glissera pour dessiner des larmes qui ne sont à personne. On me dit qu'il y aura encore des étés après ça, moi je hoche la tête. De toute façon, je ne saurais pas quoi en faire.

Philippe entre, suivi de Christine.

Scène 2

Philippe — J'ai croisé ta sœur, ménage-la, tu veux ?

Louise — Elle n'a pas le sens des priorités.

Philippe — Elle est enceinte.

Louise — Du premier venu.

Christine — Tu te rends compte de ce que tu dis ?

Louise — Quoi ? Je n'y suis pour rien si elle n'a toujours trouvé la paix qu'au corps des autres. Le ventre, c'est peut-être la seule partie d'elle qui ne soit pas complètement stérile.

Christine — Louise…

Louise — Elle vous aura toujours aux sentiments.

Philippe — Tes colères sont des pressentiments erronés. Du bruit par-dessus nos migraines. Rends-toi utile, au lieu de monter la garde près de ce lit. Laisse ton vacarme ailleurs pour une fois.

Louise — Je voudrais qu'on change sa chemise.

Philippe — Celle-ci est très bien.

Louise — Pitié.

Christine — Le bleu c'est parfait, c'est la couleur de la vierge.

Louise — Et parce qu'elle aussi a perdu un fils, vous voilà soudainement amies.

Christine — Ce sera cette chemise, pas une autre.

Louise — Je t'avais dit de ne pas choisir celle-là, elle est neuve. J'avais sorti la grise, je l'avais pliée et posée sur le lit.

Christine — Elle est usée à faire peur.

Louise — Bien sûr ; il a vécu dedans.

Philippe — C'est sans importance.

Louise — C'est faux. Toute chose qu'on attache au corps de mon frère en a.

Philippe s'approche de Louise.

Philippe — J'ignore pourquoi tu persistes à te croire en trop, mais nous ne réglerons pas ça aujourd'hui, tu m'entends ?

Louise se tait un instant.

Louise — Tu n'es pas en noir.

Philippe — Je n'ai pas eu le temps de me changer.

Louise — Tu es bien le seul.

Christine — Louise, plus d'esclandre.

Philippe — Laisse, si ça l'amuse de se faire les dents.

Christine s'approche de Mathieu et lui passe la main dans les cheveux.

Christine — Il y aura foule à l'enterrement, c'était un garçon très aimé.

Louise — C'est du voyeurisme. On épie sans cesse le malheur des autres, puis on le garde bien au chaud pour égayer le vide de certaines nuits de veille. Ils doivent tous trépigner devant le faire-part, ils n'en finiront pas d'étaler leur compassion dégoûtante.

Philippe — Tu viendras à l'église ?

Louise — Évidement, je ne le laisserai pas seul là-bas.

Christine — C'est un très bel endroit, très calme.

Philippe — Je trouve aussi.

Louise — La dernière fois qu'il y a mis les pieds c'était pour son baptême. La boucle est bouclée.

Philippe — La rancœur est une maladie, je ne la laisserai pas s'insinuer dans cette famille. Laisse tes envies tragiques à la porte. Nous avons déjà suffisamment à régler.

Louise — Le jour où ce chagrin-là se sera épuisé nous en trouverons un nouveau. Pour ça je nous fais confiance.

Christine — Il y a des choses dont tu dois te guérir seule. Tes travers t'appartiennent, donne-leur des noms et choisis leurs couleurs, le temps te pèsera moins. On ne peut pas mettre toutes ses faiblesses sur le dos de ses parents.

Louise — Il n'est rien en moi que vous soyez susceptibles de porter, même en me taisant je vous écrase.

Philippe — Tu n'as pas besoin de parler, ta personne est un hurlement ininterrompu. Tu m'épuises.

Louise — Pas plus aujourd'hui qu'hier.

Philippe — Sors d'ici.

Louise sort. Christine observe Philippe en silence.

Christine — Ne prends pas cet air, elle a toujours été dure.

Philippe — J'ai de moins en moins envie de comprendre.

Christine — A son âge, on a mal comme on peut. Je ne m'explique pas ce besoin que vous avez de vous heurter sans cesse. Il n'y a pas de sons nouveaux dans ce combat-là. Juste vos os cognés les uns aux autres. Juste ma fatigue de devoir regarder.

Philippe — Mes douleurs ne veulent rien savoir des siennes.

Christine — Tu préfères Ada.

Philippe — Je ne sais pas.

Christine — Ce n'était pas une question.

Philippe — Que veux-tu que je te dise.

Christine — Rien, je comprends, elle est plus douce, elle ne cherche pas à prendre les choses de force.

Louise, même sa beauté est compliquée, elle n'est faite que d'angles et de morceaux tranchants.

Philippe — Déjà, petite, elle était trop rude pour l'enfance.

Christine — C'est là qu'elle a eu ses premières épines. Quand il fallait traverser la rue, elle se couchait presque par terre pour que je ne tienne pas sa main, j'avais honte, je la grondais tout bas.

Philippe — Les regards qu'elle me lance, je ne sais jamais quoi en faire.

Christine — Tu la préfères à distance, elle le sent.

Philippe — C'est vrai. Ada a toujours été plus proche de l'idée que je me fais d'une fille.

Christine — Quant à moi, j'avais Mathieu. Si parfaitement jovial et tendre. Avec ses boucles blondes qu'il mêlait à mes jupons. Elle a dû se trouver sans nous, elle s'est faite solide, faute d'être aimante.

Philippe — C'est peut être mieux ainsi.

Christine — Sa place, elle se l'est faite au couteau, sa colère avait toujours un coup d'avance. Quand nous la laissions seule, sous prétexte qu'elle se calme, elle saccageait le silence jusqu'à ce qu'il devienne un bruit.

Philippe — Je suis son père, tant pis si elle m'en veut, même ses haines sont à moi.

Christine — Vous vous ressemblez beaucoup mais la vie vous éloigne. Les êtres de votre trempe ne pardonnent pas.

Philippe — Il y a des enfants qu'on se fait sur mesure. Louise, si elle m'accepte près d'elle, c'est qu'elle sait qu'au fond elle mourra après moi, qu'il y aura des jours qui ne seront qu'à elle. Je n'ai jamais torturé quiconque plus que moi-même.

Christine se remet à caresser les cheveux de Mathieu.

Christine — À quelle heure viendront-ils le prendre ?

Philippe — Demain dans la matinée.

Christine — Mon beau garçon dans une boîte. C'est minuscule l'éternité, à côté sa chambre semble un espace infini.

Philippe — Pour l'instant ce qui nous fait mal est encore invisible. J'ai peur du moment où nous recommencerons à voir. Nous ne finirons jamais d'être assaillis par son absence, perdre un enfant est une lente descente vers sa propre fin.

Christine — Il a mis cette famille au passé.

Philippe — La perte est une chose étouffante.

Christine — Tu as toujours un peu suffoqué ici, avoue.

Philippe — Non c'est faux, je ne veux pas que tu penses ça, notre vie est ce qu'elle doit être.

Christine — Ton travail t'a enlevé à nous si souvent.

Philippe — J'étais jeune quand Mathieu est né, Louise est arrivée un an après, il fallait bien vous faire vivre. Ce poste au chantier naval, c'était une aubaine, je savais qu'il nous mettrait à l'abri.

Christine — Je n'ai manqué de rien, ne me crois pas ingrate.

Philippe — Tu as été malheureuse.

Christine — Pas au sens où les gens comme toi l'entendent, pas pour de bonnes raisons.

Philippe — J'ai fait de mon mieux, si je n'ai rien vu, je comprends que tu me le reproches. Et si tu veux partir...

Christine — Je ne t'en veux pas jusque-là.

Philippe — Tu sais, mon père aurait pris ça pour un affront que je ne prenne pas sa suite. L'entreprise n'est rien sans notre nom.

Christine baisse les yeux vers Mathieu.

Christine — Regarde-le, ton nom, que crois-tu qu'il restera de toi après ça ?

Philippe — Je ne peux pas y penser, je n'en ai pas la force.

Noir.

Scène 3

Pierre — Philippe ?

Lumière.
Philippe est assis sur une chaise près du lit de Mathieu, la voix de Pierre le fait sursauter, il regarde autour de lui, légèrement hagard.

Philippe — Depuis combien de temps je suis ici ?

Pierre — Quelques heures. Le sommeil t'a fauché tôt, il faisait encore jour.

Philippe — Quel père ingrat je fais, non ?

Pierre — Je dirai à Christine que tu priais.

Philippe — Elle ne te croirait pas.

Philippe se lève, les deux hommes se toisent un instant du regard.

Philippe — C'est drôle, toi aussi alors, tu as fini par vieillir.

Pierre — Et alors ? Tu restes l'aîné de huit ans.

Philippe — Ça te console ?

Pierre — Pas le moins du monde, c'est terrible.

Les deux hommes se regardent en souriant.
Philippe s'approche, ils se donnent l'accolade.
Pierre s'approche de Mathieu.

Pierre — La mort à vingt-sept ans n'a rien de naturel, c'est une insulte. Je n'ai pas de mots pour te consoler de ça. Quand je le regarde, je n'en ai plus pour rien, à vrai dire.

Philippe — C'est étrange l'existence. Un jour te voilà père. Il y a une chambre d'hôpital, tout un monde inconnu qui s'active autour de toi. Le bip régulier des machines te donne la migraine et tes mains moites s'étreignent sans conviction. Chaque grimace de l'être aimé t'accuse d'être en trop. Tu voudrais demander une seconde de calme, au moins le temps de savoir ce qui arrive, mais cette partie de l'histoire est bien loin derrière toi. Et avant même de reprendre ton souffle voilà que l'infirmière te met sans douceur ce morceau de ta chair dans les bras. Certains pensent déjà avoir eu peur avant ça, ils se trompent. À son début, la vie est une créature chaude et gémissante, écœurée du monde, étouffée par ses cris. On te félicite, nettoie le sang encore chaud, souvenir d'un ventre de femme, odeur de métal et de cuivre. Ta jeunesse fait deux pas en arrière. Elle te murmure déjà des excuses embrouillées. « Un garçon, Monsieur, c'est un beau petit garçon. » Tu pourrais partir, laisser le reste arriver sans toi, mais il a ton visage et il porte ton nom. J'avais un fils.

Pierre — Fonder une famille, c'est un courage que je n'ai pas eu. Mes heures ont toujours été inquiètes, je ne les pensais pas aptes à supporter un autre que moi.

Philippe — Les enfants vous désapprennent le sommeil, ils dévorent jusqu'à l'idée même de l'insouciance.

Pierre — Oui, mais ils vous vengent des années en trop.

Philippe — Les bords de mer t'ont gardé jeune, moi j'ai vieilli caché sous le béton des villes. J'ai perdu mes jambes de pâtre.

Pierre — Je voudrais que nous ayons encore le temps. Au moins celui d'une marche jusqu'à la plage. Un corps salé de jeune dieu, une colère farouche, puérile et flamboyante, quelque chanson marine à entonner à deux.

Philippe — « Et toi, ma pauvre mère, qu'as-tu fait de ton fils, marin c'est la misère, marin c'est trop souffrir, j'ai encore un petit frère qui dort dans son berceau, je t'en supplie ma mère n'en fais pas un matelot. »

Pierre — Le muscle fin et brun lové sous la chemise. Du sable jusqu'aux mollets. Je ne nous pensais pas adultes, pourtant nous l'étions déjà. Et chaque jour, la mort patiente et implacable, riait avec malice de nos nuits bruyantes, pleines de filles et d'alcools doux.

Philippe — Le problème avec toi c'est que je ne t'en veux jamais assez.

Pierre — Quand je suis arrivé ce matin, le port était le même. Nos étés sont venus me mordre le cœur, ils savent tout ce que j'ai pu être. Je me suis souvenu des boulots de vacances. Les chantiers navals et leurs carcasses de ferraille blanchies par le sel. L'odeur d'urine. Les tâches de rouille sur la chemise qui ne partent pas, même en frottant fort. Et les figuiers penchés lascivement, qui vous regardent de haut avec leurs branches cassantes chargées de fruits trop murs.

Philippe — Qu'est-ce qu'on trouve, quand on part dix ans ?

Pierre — Il y a tant de rivages, le monde est trop grand, je vais mourir seul.

Philippe — Il faut fermer les yeux sur ce genre de détails.

Pierre — Tu peux, mais certains matins la vie te prend par le col et t'engueule. « Allez ! T'as vu l'heure ? Lève-toi, prends une douche, habille toi ! Essaye d'avoir l'air de quelque chose, qu'est-ce que tu fous ? C'est ta gueule ça dans la glace ? Avec trop de barbe, trop de rides, trop de coups. Tu penses que t'as encore la marge ? Putain c'est quoi ces marques sur tes côtes ? T'étais où hier soir ? La pommade pour les bleus c'est l'étagère du haut à côté des capotes… La blague. T'es plus beau pour personne, il n'y a plus un corps sur cette foutue planète qui veuille traîner contre le tien. C'est en creux que les choses s'écrivent en toi, sors d'ici, marche jusqu'au prochain bar, fais deux tours sur toi et pleure ! Même crevé tu prendras trop de place. »

Philippe — De quoi as-tu vécu ?

Pierre — D'un nombre incalculable de choses, celles qui prennent tout et qui ne rapportent rien. J'ai été misérable mais personne n'était là pour le voir, alors je m'en accommodais.

Philippe — Si j'ai voulu que Mathieu apprenne le piano, c'était pour que ses mains ne sachent jamais rien du vrai travail des hommes. Pas de métal rouge sous les ongles, pas de murs gris creusés d'urine, pas de matins donnés à d'autres.

Pierre — La musique est un autre genre de joug.

Philippe — J'ai en horreur tout ce qui est utile, je déteste mon travail d'avoir fait de moi quelqu'un d'important, j'envie mon fils qui n'a eu le temps de ne rien être. Je suis un monstre ?

Pierre — Non, la vie est plus attrayante quand elle reste une idée. A notre âge, qui aurait la force de dire le contraire ?

Philippe — Je ne lui ai jamais rien dit, j'ai toujours pensé qu'un père était avant tout un silence.

Pierre — On devient l'adulte que l'on peut en cherchant nerveusement ce que nous a laissé l'enfance. Avant nous, d'autres ont eu le rôle, l'existence c'est du mime ; la même histoire dans laquelle on change certains mots.

Philippe — Tu es le même depuis toujours.

Pierre — Détrompe-toi, je fais encore illusion mais je me suis perdu en route.

Philippe se laisse tomber sur sa chaise.

Philippe — Ada est enceinte.

Pierre — J'ai vu.

Philippe — Je trouve qu'elle est trop jeune.

Pierre — C'est ce que tu as envie que je dise ?

Philippe — Je ne sais pas… Je voudrais qu'elle ait le temps.

Pierre — Que souhaiter d'autre à ceux qu'on aime ?

Philippe — Je vais être grand père.

Pierre — Elle aura l'air de jouer à la poupée quand on lui posera le petit dans les bras.

Philippe — J'ai l'impression que ça fait un moment que tout ça se déroule sans moi.

Pierre — De l'endroit où je te regarde, tu n'es pas moins fort qu'avant.

Philippe — Tu t'en veux d'être parti ?

Pierre — Non.

Philippe — Tu te rends compte si j'avais fait comme toi ? Les ruines qu'il y aurait aujourd'hui dans mon sillage fumeraient encore.

Pierre — Je n'ai pas dit que ça avait été facile.

Philippe — Bien sûr que si.

Pierre — On ne s'imagine pas à quel point la solitude est une chose laide.

Philippe — Je manque d'air.

Pierre — Je suis là.

Philippe — Tu es parti trop longtemps, je n'ai plus confiance.

Pierre — Si tu ne trouves plus rien en moi que tu puisses appeler ami, pourquoi m'en vouloir ? On ne se débat pas contre le vide.

Philippe — Pourquoi pas ?

Pierre — Tu t'épuiseras avant lui.

Philippe — Tu ne sais pas qui était Mathieu, tu as quitté un enfant mais moi, demain, j'enterre un homme.

Pierre — Quand on perd un être, c'est entièrement, tu pleures le gamin autant que l'adulte, tu es même en deuil du nouveau-né hurlant dans ses langes.

Philippe — Je n'étais pas à la maison quand il est mort.

Pierre — Tu veux des raisons de t'en vouloir, tu n'as pas fini d'en trouver. Remplis son absence d'une autre manière, sinon tu ne tiendras pas un an.

Philippe — Tu ne comprends pas.

Pierre — Peut-être bien.

Philippe — Tu n'as pas de famille.

Pierre — On a marié ma sœur trop jeune à un homme triste qui habitait la ville d'à côté. Ce devait être quelqu'un d'important car il portait des vêtements neufs et conduisait une jolie voiture. Je me souviens de son profil fatigué de statue. Un visage qui attend patiemment les rides, sans joie ni passion. La bouche fine et crispée de ceux qui n'ont pas ri souvent. Il l'a épousée. Je suis parti l'année d'après.

Philippe — Tu es venu ici.

Pierre — À cette époque ça s'appelait ailleurs et ça sonnait magnifiquement à mes oreilles. J'avais dix-sept ans, ton père m'a donné du travail.

Philippe — Tu disais que tu étais de l'assistance.

Pierre — Ils ne m'ont pas cherché. Le ciment des vraies familles c'est l'inquiétude. J'ai juste quelques papiers d'identité et des photos d'inconnus. Et même moi, je me ressemble de moins en moins.

Philippe — C'est ta façon de demander pardon ?

Pierre — Tu n'imagines pas le courage qu'il faut pour rester.

Philippe — Ta peur ne t'excuse pas de tout.

Pierre — Il y a des verres qu'on m'a fait payer à grands coups de pied dans le ventre, j'ai regardé les jambes des filles en me trouvant dégueulasse, j'ai volé à des plus pauvres que moi.

Philippe — Je suis jaloux et ça me dévaste.

Pierre — Quand ça va mal tu voudrais que tes poches aient un double fond, qu'on vienne te chercher, tu nettoies tes chaussures avec un peu de salive et la serviette d'un fast-food.

Philippe — Je ne savais pas où tu étais.

Pierre — Moi non plus.

Philippe — Je n'allais pas te courir après.

Pierre — Il y a des soirs où j'ai dormi dans la rue.

Philippe — Moi, j'ai le même lit depuis trente ans.

Pierre — Il faudrait garder le dégoût dehors, mais on finit toujours pas le laisser entrer. On ne m'a pas poussé du pied, je n'ai pas besoin d'une compassion spéciale. Mais putain, je suis fatigué.

Philippe — Toi aussi demain, tu pourrais finir sous terre, si ça ne se passe pas ici, qui le saura ?

Pierre — Je n'ai pas croisé Louise.

Philippe — Les tombes ont besoin de larmes.

Pierre — La chambre que vous m'avez préparée, tu ne te rends pas compte, j'en ai presque chialé. Il y a une époque où j'ai eu ça tous les matins. La serviette sur le lit, les draps propres. Je voulais m'habiller en noir avant de descendre mais tous mes vêtements sont sales, j'ai honte.

Philippe — C'est terrible si ce que tu as cherché pendant dix ans, c'était juste une raison de revenir.

Pierre — Je regrette de revoir Mathieu pour ça, je regrette que ce ne soit pas lui qui soit venu ouvrir la grille quand j'ai sonné, je regrette de ne pas vraiment être un ami.

Philippe — Me voilà bien vengé.

Pierre — J'espère.

Philippe — Imbécile.

Il pose sa main sur l'épaule de Pierre.

Pierre — Je me suis pas mal trompé.

Philippe — Tant mieux.

Ils se sourient. On tape timidement à la porte.

Philippe — Entrez.

Julien entre.

Philippe — Pierre, viens voir de plus près l'homme qui m'a pris ma fille.

Ils se serrent la main.

Philippe — C'était un bon ami de Mathieu.

Pierre — Tant mieux, j'ai peut-être besoin qu'on me parle de lui.

Philippe pose la main sur l'épaule de Pierre.

Philippe — Je vous laisse.

Pierre — Va voir la femme que tu ne mérites pas.

Philippe — Petit con !

Philippe sort.

Scène 4

Julien — C'est bon de ne pas être la seule pièce rapportée dans ce genre de moment.

Pierre — Je me sens plus comme une pièce détachée.

Julien — Ada m'avait un peu parlé de vous, je connais l'histoire en pointillés.

Pierre — Ada... Quand elle était petite, elle volait à l'écume des cailloux, polis comme des œufs, elle en remplissait ses poches... C'est au bruit qu'on la savait venir.

Julien — C'est charmant, cette magie que les enfants trouvent aux pierres.

Pierre — C'est une belle époque, celle où l'on n'est lourd que des galets des plages.

Julien — Moi je collectionnais les timbres, papa y tenait beaucoup et je détestais ça.

Pierre — Félicitations.

Julien — Pour ?

Pierre — Le bébé.

Julien — Ce n'est pas encore fait.

Pierre — C'est déjà bien engagé.

Julien — Je suis un garçon superstitieux.

Pierre — Vous l'avez connu comment, Mathieu ?

Julien — Au conservatoire. Cela date de l'époque où mes parents tentaient de faire de moi un pianiste.

Pierre — Ils y sont parvenus ?

Julien — Pas le moins du monde. J'adore la musique mais ce n'est pas réciproque. Je suis incapable de sortir la moindre note juste, même avec un triangle, c'est vous dire. Je suis un être dissonant.

Pierre — Votre honnêteté vous honore.

Julien — C'était Mathieu le virtuose, c'était lui qui avait du talent. Ma médiocrité ne m'a jamais tiré souci, l'excellence demande beaucoup trop de hargne et de travail. J'ai choisi d'être une personne légère.

Pierre — D'où votre succès auprès des femmes.

Julien — D'où ma capacité à feindre que j'en ai.

Pierre — Avec un visage comme ça, j'imagine qu'on s'arrange.

Julien — Ressembler à l'image qu'on renvoie, quel cruel manque d'élégance. Mais quelque chose me dit que je ne vous apprends rien.

Pierre — On ne vient pas du même milieu.

Julien — J'aime à penser que l'accumulation de chair n'est rien de plus qu'une forme sophistiquée de solitude.

Pierre — Il en faut bien un peu de temps en temps.

Julien — Même par petit bout, on s'en écœure.

Pierre — Attendez qu'on vous la refuse, vous vous découvrirez des faims nouvelles.

Julien — Je ne m'inquiète pas trop de ça. Quand on sait où aller, on peut rendre toutes sortes de vices acceptables.

Pierre — Aux yeux de qui ?

Julien — Vous n'imaginez pas comme l'ennui rend la jeunesse créative.

Pierre — J'ai peur de comprendre où traînent les garçons comme vous... Mathieu, je ne sais pas. Au fond, je ne l'ai pas connu.

Julien — Ne vous faites pas de fausses idées ; les inconnus me rendent désagréable, après je m'adoucis, je choisis mieux mes mots.

Pierre — Faites attention à ne pas trop vous justifier, ça donne des airs coupables.

Julien — On vous a déjà dit que vous jetiez vos jugements comme des pierres ?

Pierre — Combien de filles vous ont pris dans leurs bras en vous jurant que tout irait bien ?

Julien — Combien de nuits avez-vous passé seul ?

Pierre — On laisse trop de lits défaits, on devient orphelin des corps qu'on abandonne.

Julien — J'épouse Ada en fin d'année.

Pierre — Elle doit être aux anges.

Julien — Autant qu'on peut l'être dans ces circonstances.

Pierre se tourne de nouveau vers Mathieu.

Pierre — Vous étiez proches ?

Julien — Nous avons fait de notre mieux, j'ai peu d'amis, Mathieu m'a attrapé au vol, je l'ai suivi…

Pierre — Il vous manque.

Julien — Il était ma longueur d'avance.

Pierre — Quand on s'attache à un être, on ne finit jamais de le perdre.

Julien — L'existence sans lui, ce n'était pas vraiment censé m'arriver.

Pierre — Bien sûr. On trompe mieux la mort à deux.

Julien — Avez-vous déjà eu un modèle ? Un être de référence.

Pierre — Comme tout le monde.

Julien — J'avais droit à l'espace vide derrière son épaule gauche, c'était mon royaume, tous mes élans partaient de lui.

Pierre — Ada vous a aimé tout de suite ?

Julien — Je me demande bien comment.

Pierre — Elle a l'âge de faire ce genre d'erreur.

Julien — Je ne suis pas mauvais.

Pierre — Vous avez le temps de le devenir.

Julien — Je ne triomphe pas toujours de ce que je suis, mais j'ai quelques qualités qui m'épargnent les soupçons. Je n'aime pas rentrer tard, l'obscurité me connaît trop bien et mes journées manquent d'heures. Sur la place, les bagarres de rue ressemblent à des premiers baisers. On s'agrippe comme on peut, les vêtements craquent, les respirations sont bruyantes et pleines de lambeaux de phrases. On se brûle à l'autre, tissu contre tissu, on a peur quand on surprend la peau. Qui peut se vanter d'aimer encore comme ça ? Peut-être qu'il faut avoir mal en vrai ? Empoigner un tesson de bouteille à pleine main et le laisser vous dessiner des lignes nouvelles qui ne vont nulle part. À quoi bon ?

Pierre — Ada est une petite fille.

Julien — Le mariage, ce sera bien pour elle.

Pierre — Pourquoi un enfant ?

Julien — C'est dans l'ordre des choses.

Pierre — Sans Mathieu, vous en auriez choisi une autre ?

Julien — Je ne me suis jamais posé la question.

Pierre — Vous êtes brutal d'une affreuse manière.

Julien — L'époque nous force à ériger des remparts autour de nos démences, il y a trop de problèmes pour en chercher d'autres en soi.

Pierre — Ce doit être une question de génération.

Julien — Il faut appliquer les règles, le bonheur est un théorème.

Pierre — Vous avez choisi votre prison.

Julien — Vous voudriez me sauver, Pierre ?

Pierre — Je n'ai pas cette prétention.

Pierre s'éloigne de lui.

Julien — Vous m'apprécierez avec le temps, je fais cet effet à tout le monde.

Pierre — J'aime cette famille ; à une époque, elle a été presque la mienne.

Julien — Et eux, qu'en pensent-ils ?

Pierre — Je ne leur demande pas de m'absoudre, tant que j'ai une place sous leur toit…

Julien — Je voudrais être seul.

Pierre — Vous le serez bien assez tôt.

Pierre sort. Julien s'approche du corps.

Julien — Que pourrais-je dire ? J'aimerais remplir cette pièce de mots, retracer avec ma voix nos abandons enfantins cachés derrière des portes. Nos virées sûrement très condamnables. Tu te souviens ? De mauvais bars où l'on ne s'appelle pas par son nom pour finir ivre et réapprendre à trembler. Cours encore à côté de moi, vidons nos poumons de tous leurs souffles. Depuis dix ans je garde chacun de nos cris, ils sont notre musique de chambre. Moi qui empilais les silences, j'ai le calme en horreur depuis toi. Chaque amour qui ne nous tue pas fait la courte échelle à l'indifférence. Ce qu'on trouve au-dessus, il vaut mieux ne pas en parler, ça rend encore plus triste. Combien de fois faut-il faire le tour de l'existence pour accepter enfin qu'elle s'achève ? Ton corps est mon premier tombeau, c'est la plus belle part de moi qu'on met en terre. Amputé de nos années sans ombres, j'ai peur de ne pas me reconnaître. Il y a des regards que je ne posais que sur toi et que mes yeux vont désapprendre. C'est fou, toutes les nuits qu'il me reste. Si le temps m'éloigne trop de toi je lui ferai payer cher, on ne se remet pas des libertés qu'on nous impose.

Ada entre.

Ada — Il n'y a que seul que tu parles de lui.

Julien — Qui pourrait bien entendre…

Ada — Moi.

Julien — Tu fais petite dame dans ta robe noire.

Ada — C'était mon frère, je peux entendre.

Julien — Les femmes ont toujours besoin que les choses dégénèrent, les coups vous paraissent moins cuisants quand vous les provoquez.

Ada — C'est qu'il est épuisant de les attendre. Ils font moins peur quand ils sont là.

Julien — C'est plein de sagesse ce que tu dis.

Ada — La première fois que je t'ai vu, j'ai pensé « en voilà un qui n'a pas fini de me faire pleurer, en voilà un dont je garderai des traces. » Pourtant tu ne m'as pas plu tout de suite. Au début je te trouvais banal, sans charme, presque laid.

Julien — C'est le « presque » qui m'a sauvé ?

Ada — Tu étais empoté et bruyant, je n'aimais pas le son tranchant de ton rire, j'avais de ton corps une idée vague et sans violence… bien loin de ce noueux entremêlement de chair dure qui fait le ventre des jeunes hommes.

Julien — Tes maladresses d'enfant me faisaient suivre tes robes. Mais sans penser à mal, mon désir était ailleurs. Puis ton regard est devenu moins sage, tu as appris les effleurements…

Ada — Papa disait que tu étais vulgaire ; sans doute, mais tu ramenais une joie qu'il n'y avait pas chez nous.

Julien — Je donnais le change.

Ada — Tout ce qui passe par toi finit par sonner faux.

Julien — Notre enfant sera ma meilleure excuse, il te renverra notre erreur et pour ne pas le haïr tu finiras par appeler ça un choix. Ne me fais pas ce regard, tu ne m'as pas aimé si bien que ça au fond.

Ada — Tu me crois naïve ? Je ne me tais pas par pudeur. Mon silence est celui qui accroche la bouche ouverte des bêtes derrière les murs de l'abattoir. Nous avons grandi dans les mêmes rues, tes douleurs ne sont pas plus grandes que les miennes.

Julien — Tu ignores ce qu'il y a d'inassouvi en moi, tous les territoires que j'ai laissés dans l'ombre, ce qui fronce les sourcils de ma si bonne éducation. Ne viens pas trop près de ce que tu aimes, tu te ferais morde par ses contradictions.

Ada — J'ai le courage, dommage que ce soit toi qui aies les mots

Julien — Et aucun d'eux n'est pour toi.

Ada — Je porte ton fils.

Julien — Avoue que tu trembles à l'idée qu'il me ressemble.

Ada — Non. Il est la seule part de toi que tu ne pourras pas m'empêcher d'aimer.

Julien — Je suis malade de cette tendresse insupportable que tu m'infliges à longueur de journée. Si elle avait été moins dure, j'aurais pu choisir Louise.

Ada — Elle n'aurait pas voulu de toi.

Julien — Bien sûr, c'est une fille intelligente.

Ada — Il n'y a que dans le malheur des autres que tu te surprends à sourire, tu grimaces le reste du temps.

Julien — C'est un vice très féminin, c'est pour ça qu'il te déplaît.

Ada — J'en ai perdu, du temps, à trouver une langue qui te comprenne, un endroit où t'enfermer à double tour, des paroles comme celles de la messe qui changent le mauvais vin en sang de martyr.

Julien — Ce sont mes failles que tu aimes, elles t'empêchent de m'avoir complètement, tu marches au bord de moi.

Ada — Si tu disais pardon, je serais presque heureuse.

Julien — À quoi bon.

Ada — Qu'est-ce que tu caches sous toute cette haine ?

Julien — Les secrets d'un être, ce sont ses frontières.

Ada — À quoi bon tracer des lignes dans le sol, la terre n'est pas aux hommes, ce qu'on lui dessine sur le dos l'ennuie. On a monté nos grilles et lâché nos chiens, nous voilà bien seuls.

Julien s'approche de Mathieu.

Julien — Après son corps couché sous terre, ne me demande pas de revenir vivant. Mon dedans est un massacre. Mais il reste ma presque affection. Si tu veux, prends-la.

Ada — Je m'admire de tenir encore debout quand tu me dis toutes ces choses.

Julien — Mon ami me manque et je n'ai pas envie de t'aimer. Quand il est là, tu es moins belle, même mort il garde une emprise sur moi, même mort ses boucles ocres me surveillent. Sa chevelure de saint gisant, de l'or dans une chambre d'enfant sur un oreiller sale.

Ada — On veut toujours voir des dieux sous ceux qu'on aime.

Julien — Il m'a eu en premier, je t'ai gardé les miettes.

Ada — C'est toi qui m'as ouvert ton lit.

Julien — Je ne t'y ai pas traînée de force.

Ada — Tu savais à quel point j'étais encore petite fille.

Julien — Et alors ?

Ada — On ne donne pas ça à n'importe qui.

Julien — Voilà encore une douceur que je ne méritais pas.

Ada — En face de toi, j'étais nue pour de bon.

Julien — Du rose, du beige, du duvet et des grains de beautés.

Ada — Je me souviens…

Julien — Les femmes ont des corps tièdes qui ne racontent rien de nouveau.

Ada — Une petite quantité de sang perdue entre les couvertures qui donne un air sérieux et nous sépare du ciel. Pour toujours…

Julien — Je ne sais plus trop à quoi je pensais, dans mon cartable il y avait une leçon de solfège en retard, dans mon lit, toi… Ma foi, un tout autre genre de chanson.

Ada — J'ai caché mon visage contre ton épaule, j'avais peur de ce qui allait venir, peur d'avoir mal, peur que tu me laisses encore plus seule que tu ne m'avais trouvée. L'affection, je ne savais pas ; ton poids au-dessus de moi, c'était comme un devoir d'école.

Julien — Tu étais gentille ; appliquée et gentille. Mais froide ! Lui, même son dédain me brûlait. Quand on aime on est riche de ce qu'on nous refuse.

Ada — Je pensais que ça suffirait pour que je devienne importante, pour que tu me voies, pour être autre chose que son visage sur un corps de fille.

Julien — C'était perdu d'avance, il ne faut pas t'en vouloir pour ça, moi je savais.

Ada — J'avais envie de pleurer, pas pour la douleur, juste pour que tu me regardes. Pour qu'un geste tendre t'échappe, même par accident.

Julien — Tu voulais être à quelqu'un, voilà, c'était chose faite.

Ada — Qui a dit que tout cela était naturel, cette combinaison maladroite, cet être bancal et éructant.

Julien — On se heurte à l'autre par à-coups, comme pour le forcer à voir qu'on existe, pour qu'il sente que c'est de nous qu'il est plein.

Ada — Le sexe fait ressortir les souffrances sérieuses, celles qui se cachent très bas dans les hommes. La vie est une saignée.

Julien — Tu t'y feras.

Ada — C'est une lutte.

Julien — Tu tiens déjà très bien ton rôle.

Ada — On m'a faite pour l'amour, dommage que cela ne serve à personne, près de moi un cœur plus simple aurait pu être heureux.

Julien — De l'extérieur, tout aura l'air parfait.

Ada — Jusqu'à ce que les heures en trop nous étranglent.

Julien — Il faudra prendre une grande inspiration quand le prêtre nous tendra les alliances. Le malheur, c'est de l'apnée.

Noir.

Scène 5

Lumière.
Christine est debout face au lit vide de Mathieu.
Elle tient la chemise grise de Mathieu.

Christine — J'avais un fils. Deux bras jetés à mon cou à la sortie de l'école, quelques éclats de rire en photo, un garçon tiré de moi. Je ne revendique rien de ce qui fut sa vie, les enfants sont libres, c'est la seule chose qu'on ne leur pardonne pas. Mais sa mort, elle, m'appartient. Car elle ébauche la mienne. Sa chambre, à jamais vide, fait de la lumière l'affaire des autres, elle me bannit des heures de clarté.

Vingt-sept années de silencieuse tendresse, tout ce travail de faire un homme, réduit à néant. Un amour, presque adulte, cloué de planches, et livré aux vers. Je veux qu'on me donne encore de sa joie turbulente, celle qui claquait les portes et m'embrassait bruyamment sur la joue. Sa jeunesse toute faite de promesses, les morceaux de moi semés sur son visage et ma beauté, par lui, vibrante à nouveau. Pourquoi a-t-on rempli mon chérubin rieur de terre ? Dans quelle direction vais-je tourner mes pensées ? Autour de qui vais-je tisser mes inquiétudes ? C'est affreusement total et égoïste, l'amour d'une mère. Épuisant à force d'être jaloux.

Bien sûr, pour que je ne pleure pas trop fort, on me parle de la maladie, des éternels aveugles couchés sur des lits d'hôpital. Mais ce qu'ils ne savent pas c'est que je t'aurais préféré mutilé, infirme, plongé dans cette demi-enfance que provoque la folie. La plus misérable des vies m'aurait semblé être un cadeau du ciel à côté de cette mort si propre et définitive. On dit, « avoir le cœur bien accroché », mais à quoi ? Le malheur est lisse. Pas de prise pour mes mains fatiguées, mes griffes de vieille femme qui ne porteront plus d'enfant.

Louise entre.

Louise — Tu es encore là.

Christine — J'y serai pour chaque jour qui me reste.

Louise pose les yeux sur la chemise.

Louise — Lâche ça.

Christine — Pourquoi ?

Louise — C'est le pire travers de la mort de substituer les objets aux hommes.

Christine — Elle a encore beaucoup de lui.

Louise — C'est ça que tu fais, enfermée ici ? Tu cherches tes dernières larmes dans l'odeur de ses chemises ? C'est une manière plutôt morbide de rester sa mère, non ?

Christine — Toujours des reproches.

Louise — C'est ce qui soude le plus sûrement les familles.

Christine — Pourquoi venir me chercher ?

Louise — Il y a encore des vivants sous ce toit.

Christine — Tu penses ?

Louise — Nous n'en sommes pas le meilleur exemple, mais oui.

Christine — Tu lui ressembles beaucoup, je n'avais jamais remarqué.

Louise — Il n'y a pas que le deuil qui couvre les miroirs, l'amour le fait aussi très bien.

Christine fait un pas vers Louise.

Louise — Non, je ne veux pas de ta tendresse. Pas comme ça, pas maintenant.

Christine — Tu es arrivée si vite après lui.

Louise — Trop vite, je n'ai fait que singer des maladresses qu'il vous avait déjà apprises.

Christine — Tu étais renfermée.

Louise — Et vous indifférents, que me restait-il après ça, à part moi-même ?

Christine — Nous n'avons pas agi consciemment.

Louise — C'est vrai, de plus vous ne m'avez ni battue ni oubliée au bord d'une route. Vous avez même pris la peine de me choisir un nom. Quelle ingrate je suis.

Christine — Je ne cherche pas l'absolution.

Louise — Tu as bien raison, ces choses-là se méritent.

Christine — Il n'y aura jamais de trêve alors…

Louise — La perte d'un frère est une souffrance extrêmement précise. On peut la délimiter. Choisir son aspect. La poser hors de soi. L'amputé sait très bien où le médecin a posé la scie. Mais perdre un fils… Tout ce qui touche aux entrailles est par nature chaotique et salissant. C'est une douleur liquide qui s'insinue partout et dissout la structure interne des êtres. C'est un malheur qui vous tarit, une peine sans horizon et qui occupe la vie entière. Et pourtant il reste des choses sur lesquelles tu pourrais poser ton regard sans eau.

Christine — Je ne veux pas.

Louise — Ada a l'avenir qui lui gonfle le ventre, ce sera peut-être un garçon, elle veut l'appeler Mathieu.

Christine — Ça ne changera rien.

Louise — Oui, moi aussi je trouve l'idée maladroite, on ne pose pas un berceau à l'ombre d'une tombe. Mais Ada est une enfant, elle fait les choses sans vraiment se demander où elles vont.

Christine — Et si c'est une fille ?

Louise — Et alors ? Tu en as eu deux et tu es toujours là.

Christine — Vous avez donné corps à mes contradictions, je vous ai laissé les morceaux condamnables.

Louise — Tu voulais voir ton sang ailleurs, qui pourrait t'en vouloir ? On a mal comme on peut.

Christine — Trois enfants, trois êtres, laissés à la dent de mon désordre, trois chairs à percer de mes coups.

Louise — Dis-moi, tu espérais que ton sommeil serait plus simple après ça ?

Christine — Si Ada ne reproduit pas mes erreurs, la vie lui laissera tout le temps de trouver les siennes.

Louise — Je le plains, cet enfant, on l'aime déjà bien mal.

Christine — C'est peut-être par ennui que dieu nous rend ses anges.

Louise — Ton malheur est prudent.

Christine — Mathieu aurait été un très bon père, si on lui en avait donné l'occasion.

Louise — C'est vrai, il avait la tendresse facile.

Christine — Même avec toi…

Louise — Ce que m'a donné Matthieu, je ne le mérite peut-être pas, mais je le garde.

Christine — Tu me comprends au fond.

Louise — Ne te mures pas dans cette pièce sans lendemain, les morts se foutent qu'on les regrette, ce sont ceux qui respirent encore qui ont besoin d'attention.

Christine — La vie peut peut-être se passer de lui, mais pas moi.

Louise — On a besoin du regard des autres pour se reconnaître, sinon rien n'existe vraiment, pas même les paroles qu'on échange.

Christine — Laisse-moi.

Louise — Ada va devenir mère et la sienne joue les fantômes cachés sous le linceul de son fils.

Christine — C'est un mauvais moment pour naître.

Louise — Peut-être qu'il va nous sauver.

Christine — C'est un peu tard.

Louise — Nous n'avons gravé ça sur aucune pierre.

Christine — Que connais-tu des naissances et des bouleversements qu'elles engendrent.

Louise — Ça fait vingt ans que je lutte jour après jour pour survivre à la mienne et pourtant chaque cri ressemble au premier.

Christine — Aucun enfant ne vaudra celui que j'ai perdu.

Louise — Tu mélanges tout.

Christine — Ça me regarde.

Louise — Aime-le pour lui, parce qu'il ne saura rien du monde et qu'il faudra bien lui apprendre.

Christine — Il comprendra bien assez tôt et son dépit ne sera qu'à lui.

Louise — Moi je ne pourrai rien lui donner, pas même la colère qui entourera mes absences. Je n'aurai plus le cœur à ça.

Christine — Ses pleurs me fatiguent déjà, sans même que je les entende.

Louise — Tu n'as d'oreille que pour les tiens.

Christine — Tu sais mieux que personne qu'on ne peut pas mimer la tendresse.

Louise — Petite maman, tu me dégoûte singulièrement ce soir.

Christine — Comment ai-je pu sortir tant de haine de moi, nos chairs seront toujours étrangères.

Louise — Pourtant l'on commence tout juste à se trouver dans nos phrases. La douleur, comme le vin, démystifie les mots.

Christine — C'est le retour de Pierre qui fait remonter ton enfance ?

Louise — Tu es faible, je l'ai compris très tôt.

Christine — Tais-toi…

Louise — Même Mathieu le savait.

Christine — Tais-toi !

Philippe entre.

Louise — Tu es laide quand tu es en colère, la haine te vieillit, c'est bien fait.

Philippe — Il y a des mots qu'on se garde de lancer à une mère. Ton sang ne frémit donc de rien ?

Louise — Qu'elle reste au fond de sa misère, de toute façon elle m'ennuie.

Christine sort.

Philippe — J'espère qu'au moins tu en tires un certain plaisir, que tu ne salis pas ça pour rien.

Louise — Tu es un mari exemplaire, dommage que ça ne lui suffise pas.

Philippe — Il te reste du venin ? Vas-y, en trente ans à ses côtés que crois-tu que j'ignore d'elle ?

Louise — Rien, je sais, et pour ça je t'admire vraiment.

Philippe — La vérité est un serpent, pour être hors de danger il faut la tenir par la tête.

Louise — Parfois, pour me faire plaisir, j'imagine que c'est à elle que tu en veux, parce qu'elle le mérite.

Philippe — Elle a porté mes enfants et tenu ma maison.

Louise — Les nuits que tu passais ailleurs laissaient la place aux autres. Son lit était grand et à l'époque elle était encore jolie.

Philippe — Pierre n'était pas…

Louise — Non, pas Pierre, rassure-toi, ce qu'il a pris est moins grave.

Philippe — À tes yeux sans doute ; tu n'as jamais fait grand cas de toi.

Louise — C'est une leçon que j'ai apprise très jeune. Tu savais, alors ?

Philippe — Vous vous pensiez si malins, si hors de portée de nos yeux. Tu étais ma fille, comment aurais-je pu ne pas voir ?

Louise — Peut-être que maman m'en veut aussi pour ça, que c'est le travail de l'épouse de fauter avec le meilleur ami. Elle est si à cheval sur l'étiquette.

Philippe — Elle t'a dit que j'avais des doutes pour toi ? Que ça ne me suffisait pas qu'elle me dise que tu avais mes yeux.

Louise — Ton menton aussi et la part la plus noire de ta colère.

Philippe — Les médecins m'ont donné tort.

Louise — Même cette joie-là je te l'ai refusée.

Philippe — Il fallait que je sois sûr.

Louise — On croit que les enfants sont sourds, que les murmures sont des endroits de grandes personnes. Pourtant nous connaissons chacun des mots qui passent au-dessus de nos têtes. Mathieu disait qu'elle faisait ça pour ne pas te quitter, pour avoir la force de sourire quand on lui parlait de toi.

Philippe — Tu la prépares depuis longtemps, cette victoire ?

Elle tente de le prendre dans ses bras.

Louise — Tu ne comprends rien. Mon seul triomphe, c'est qu'elle me haïsse autant que toi.

Il se dérobe.

Philippe — Tu es notre échec le plus insoutenable.

Elle reste un instant interdite, puis hausse les épaules.

Louise — Vous ne saurez jamais à quel point vos enfants vous méprisent. Je me souviens des dîners en famille. De vos airs tristes à table, mort l'un à l'autre, échangeant patiemment vos silences, préparant le prochain assaut, et nous trois qui attendions la suite, la fin de l'enfance comme une délivrance. La permission d'aller chercher son air dehors.

Philippe — Vous avez eu le meilleur et un toit sur la tête. L'amour, ne t'en plains pas, je n'en ai pas eu non plus.

Louise — Je ne me plains pas, tu n'as jamais rien eu à donner, c'est ton indifférence qui, la première, a enterré ton fils. La belle affaire, pour toi nous sommes tous mort-nés.

Philippe la gifle.

Philippe — Ce que tu sors de moi me désole. Je pourrais te tuer.

Louise ne réagit pas.
Elle le regarde un instant, puis sort sans mot dire.

Philippe — Hier, fouillant mes poches, j'ai trouvé des allumettes. J'aurais voulu en craquer une au milieu du salon. Voyons voir si ça brûle ? Les invités, le cercueil, le curé. Et toutes ces fois où par manque de temps j'ai oublié d'être un père.

Christine entre.

Christine — Au début de notre mariage je crois que je t'ai aimé un peu.

Philippe — J'étais déjà sinistre pourtant.

Christine — Elle était belle ta lassitude, elle t'empêchait d'être vraiment solide. Une voix grave déjà fatiguée d'elle-même, des soupirs qui hésitent à changer de camp. Tu avais l'air d'une statue.

Philippe — Un presque trentenaire caché derrière sa carrière prometteuse et son costume hors de prix. Celui que Pierre, du haut de ses dix-sept ans, a déniaisé à grand coup de mauvais vin.

Christine — Il nous a coûté cher, ce frère que tu t'étais choisi et qu'il a fallu accepter.

Philippe — Il était ma seule liberté. Au final je pense que c'est lui l'aîné, il a vécu, moi j'ai fait semblant.

Christine — Un vagabond tout juste bon à accumuler les courants d'air.

Philippe — Il nous a désappris l'inertie, il a donné à la maison des airs de vacances, j'avais besoin de ça.

Christine — Un loup à peau d'homme qui ne vous frôle jamais volontairement… Et toi, enfermé dans ton devoir d'être un homme. C'est comme si tu nous avais joués aux cartes.

Philippe — Combien de fois son rire m'a-t-il arraché à l'ennui, on ne dit jamais merci pour ce genre de détails, on a tort.

Christine — Peut-être pensais-tu que Louise le garderait chez nous. Qu'elle lui trouverait des chaînes, qu'il lui donnerait son nom. Elle qui a toujours eu le nôtre en horreur.

Philippe — Christine. Si c'est vers toi qu'il s'était tourné, il t'aurait eue ?

Christine — Oui.

Ils se regardent un instant en silence.

Philippe — Nous n'avons pas réussi grand-chose.

Christine — Peut-être, mais nous sommes encore là.

Philippe — Un après-midi j'ai trouvé Mathieu et Louise couchés l'un près de l'autre sur le vieux tapis de leur chambre. Ils devaient avoir sept ans à l'époque. Même gorge frêle, mêmes cheveux épais, ocres et fauves, étalés sur le tissu rouge. Un dessin bâclé d'incendie. Je leur ai demandé ce qu'ils faisaient. Mathieu m'a répondu sans ouvrir les yeux : « On joue à ce que plus rien ne bouge. On joue à la nuit. »

Elle lui prend doucement la main.

Christine — Faisons ça alors, fermons les volets. Nous resterons bien sages, nos chagrins en guise de couverture. Le jour n'a plus de temps pour nous.

Noir.

Scène 6

Lumière.

Louise seule en scène, elle passe sa main sur sa joue d'un air absent. Pierre entre.

Louise — Marquer ma peau est la seule chose qui fait encore de lui mon père.

Pierre — On ne se sent jamais moins homme que dans ces moments-là. Un jour, il te l'expliquera, quand il comprendra que tu lui ressembles.

Louise — Bien sûr, et après il voudra que je le pardonne. Cette blessure aussi, on la refermera à deux mains, on la remplira à ras bord pour ne plus la voir nous sourire. Piège tiède déguisé en entaille. Bouche béante et lisse qui sert de nid aux dieux rampants.

Pierre — C'est comme ça que la sagesse nous arrive. Un matin on se lève et d'un coup on n'a plus peur d'être le seul à avoir tort.

Louise — Voilà que tu me consoles. Crois bien que je savoure toute l'ironie de la chose.

Pierre — Nos problèmes s'acharnent toujours à jouer qu'ils sont grands.

Louise — C'est stupide, non, un enterrement ? Tous ces gens en noir penchés sur le même trou... Comme s'il restait des choses à dire, des mots à poser sur le néant.

Pierre — Julien a fait un beau discours.

Louise — Il a toujours eu une âme de fossoyeur. Ada n'a pas fini de pleurer.

Elle le détaille un instant.

Louise — Tu as vu comme je t'évite bien depuis deux jours ?

Pierre — Hier soir, je suis presque monté jusqu'à ta chambre. Mais j'ai été déçu, ça ne ressemblait pas à avant.

Louise — Tu sens le bourbon, à une époque je trouvais ça romanesque.

Pierre — Je choisis les alcools pour leur couleur, le goût est le même.

Louise — Je ne bois toujours pas. J'ai essayé quand tu es parti mais ce n'était pas moi. Je n'aime pas tricher, je souffre comme un prêtre.

Pierre — Entre nous deux, la lâcheté a choisi. Il te reste les cigarettes, à ton âge ça donne un air désobéissant.

Louise — Poses-en une entre mes lèvres, je serrerai fort et la fumée parlera pour moi.

Pierre — Tu es terrible.

Louise — Comme les hommes sont pudibonds quand le désir les devance.

Pierre — Dans ce domaine j'ai plus à dire que tu ne le crois.

Louise — C'est drôle. Tes cheveux sont gris sous cette lumière.

Pierre — J'ai peur que la lumière n'y soit pour rien.

Elle s'approche de lui.

Louise — Parle des pays des autres.

Pierre — Il y a des amoureuses toutes faites de ronces, dont on ne finit jamais de creuser les hanches de bois noir. Trop de maladies différentes pour qu'elles aient chacune un nom, des fièvres qui vous écrasent le crâne et vous font vaciller comme en pleine mer. Le mouvement de balancier que le vent brûlant impose à la nature lui donne quelque chose de lascif et de venimeux. L'air est lourd de terre. Le soleil est mauvais.

Louise — Sur les photos, ça ressemble à l'été, à quelque chose de facile et âcre. Un fruit vert ou un baiser de petite fille.

Pierre — La lumière de là-bas ne raconte rien aux hommes, elle est là pour qu'ils craignent sous son feu l'arrivée imminente de la nuit. Pour que leur peau craque, mordue par les mauvaises heures de chaleur, lacérée de sillons rouges tout pleins d'un sang épais saturé de sucre et de liqueur... Ce que je te raconte me fait honte, il y a des misères qu'on se sent coupable d'avoir trop regardées.

Louise — Tu m'avais envoyé une carte que j'ai encore. Elle était toute bête, dessus il y avait une forêt pleine d'ombres violettes... Ton écriture au dos, l'encre presque effacée et ta main quelque part que je devinais chercher le corps d'une autre.

Pierre — Les filles de là-bas ne m'ont jamais rien valu. Elles sont comme les moustiques, elles savent ce qu'elles peuvent vous prendre.

Louise — Comme je t'ai bien maudit pendant toutes ces années.

Pierre — La carte, si tu l'as gardée, montre-la moi à l'occasion. Je voudrais voir ce qui te reste de moi.

Louise — Tu m'as si méticuleusement abîmée qu'aujourd'hui je ne peux plus servir à personne. Même pas à moi. Me porter est un calvaire si épuisant qu'à la fin de la journée je me mets nue devant la glace pour être sûre d'être encore là. Pour voir si la carcasse bouge toujours.

Pierre — Je ne comprends pas pourquoi tu as laissé ce chagrin prendre une telle place.

Louise — Parce qu'il fallait bien verser quelque chose dans les gouffres que tu m'as laissés.

Pierre — C'est fou comme la vie nous mène parfois au bord des choses, à l'extrême limite de ce que nous sommes, trois pas avant le dégoût.

Louise — Te retrouver est une horreur. Ton retour porte en lui l'angoisse d'un nouveau départ. Pas deux fois, je me dis. Pitié, pas deux fois. Je n'ai déjà pas survécu à la première. Je te déteste d'une manière nouvelle, neuve, purifiée des anciennes images. Et cette colère vierge et farouche est un frisson tout en bas du ventre. Tu es misérable et je le suis encore plus, car entre deux injures proférées sans vigueur, mes yeux cherchent ton corps à travers tes vêtements.

Pierre — On apprend la chaleur contre le désir des autres, depuis dix ans j'ai froid.

Louise — Et pour me justifier, je compte tes défaites avec application. Ce sourire complice que tu m'adresses à travers la foule, ton désir que tu caches si mal. Que dire ? Te mépriser m'épuise. Sois heureux, je reste tienne. Malgré moi, mais pour encore longtemps.

Pierre — Le bateau qui m'a pris à toi était triste, du vieux bois bouffé par la mousse. Un monstre édenté juste bon à se plaindre des vagues. Dans son ventre, les marins blaguaient entre eux, ça parlait de filles, celles qui ont des prénoms pleins de voyelles et de rires.

Louise — Il y a ce creux au milieu de tes épaules et tout ce que je ne vais pas dire. Les mots que je garde en prétextant plus tard.

Pierre — Je me souviens des chemins bleuâtres que tes veines esquissaient sous ta peau. De la douleur que tu traînais dans la foule, de ton refus d'être sauvée…

Louise — Il n'y aura personne pour savoir comme je t'ai aimé. Alors à quoi bon ?

Pierre — Ton regard parlait de fin du monde. On sentait que la vie, parce qu'elle a peur du feu, te briserait. J'ai eu honte de te vouloir si vite.

Louise — Tu m'as trouvée au creux de mes discordes, broyée sous mes propres emportements. Tu m'as donné de l'importance.

Pierre — Je t'ai couchée sur le dos.

Louise — Nos soupirs humides cachés sous le sable, les rues la nuit, tachées de lumière orangée, ton application à ne jamais prononcer mon prénom… Je finirai par oublier.

Pierre — Je me suis souvent récité nos étreintes. Ton corps chaud et craintif comme celui de ces oiseaux que les gamins attrapent l'été pour gâcher leur beauté dans des cages.

Louise — Quand tu me taquinais, je te lançais des coups de pied sous la table. J'aimais ça pourtant, tes doigts qui remontaient ma jupe.

Pierre — Toute douce et tranquille, si sûre de ton bourreau.

Louise — Je pense à moi petite et ça me fait de la peine.

Pierre — Tu étais une enfant et moi une brute.

Louise — Il nous faut des aînés pour l'amour, les bras des hommes sont des naissances.

Pierre — Il est très dur de se passer des gens comme toi, on ne peut pas les aimer de loin, tu aurais fini par prendre toute la place.

Louise — Mon compagnon de jeu, la main qui me ramenait de la plage. Un vrai secret d'adulte. Tout mon bonheur sorti des eaux.

Pierre — Ils sont à nous ces moments, je tuerai quiconque voudra nous les prendre.

Louise — Toi qui comptais les écorchures sur mes jambes, un père n'aurait pas fait mieux.

Pierre — Un père ne serait pas parti.

Louise — La lumière m'apprenait tes contours, j'aurais voulu qu'on me voie dans ton visage. Mais le seul sang que nous avions en commun, c'est celui que j'avais perdu pour toi. Il y a des êtres que le soleil préfère.

Pierre — Te voir cacher ta douleur me fait plus mal que le reste.

Louise — Pourtant regarde, je suis encore là. J'ai pris ma chair de femme. J'ai accepté les regards déplaisants. J'ai connu d'autres corps qui, couchés dans l'ombre, m'ont joué leur chanson. Et à force de fixer les muscles puissants qu'on trouve au dos des hommes, je me suis mise à aimer la musique. Plus par ennui que par vice, pour narguer le silence et me trouver ailleurs.

Pierre — Il me fait peur, ton passé, je ne m'y vois nulle part.

Louise — J'ai détesté grandir sans toi.

Pierre — Ils t'ont aimée au moins ? J'espère que tu les as choisis meilleurs que moi.

Louise — Mon Pierre.

Pierre — Je suis jaloux.

Louise — Dis-le encore.

Pierre — Le plaisir ce n'était qu'avec moi pas vrai ?

Louise — J'ai crié d'autres noms.

Pierre — Des garçons de ton âge ?

Louise — Pas toujours.

Pierre — Du mien ? C'est répugnant.

Louise — Je devais te remplacer par quelque chose. Le passé n'est pas un endroit habitable.

Pierre — C'est salissant d'aller mieux.

Louise — Pourtant peut-être qu'avec toi j'aimerais ça encore.

Il la prend doucement par les épaules.

Pierre — Tu veux ?

Elle ne répond pas.
Il l'embrasse, elle reste stoïque.
Il s'arrête et la regarde.

Louise — Rien de ce qui se trouve en toi ne ressemble au bonheur.

Pierre — Viens…

Louise — Tu voulais jouer à la liberté, chercher des amours exotiques. Tu t'es couché sur des images plutôt que de choisir une femme de ton sol, élevée près du même rivage, bercée par de semblables voix. Une qui dorme contre toi et t'aime pour chaque nuit à venir. J'étais jeune, le creux au milieu de mes hanches te parlait d'avenir, tu ne me l'as pas pardonné...

Pierre — Ceux qui ne connaissent que les routes sont des esclaves. C'est beau, quelqu'un de vraiment là. À présent, je sais.

Louise — Tu es pâle et tu trembles, qui m'en voudrait de te refuser mon lit ?

Il l'attrape par le bras.

Pierre — J'avais trente ans, c'est un mauvais âge, aujourd'hui j'en ai dix de plus et je sais le prix de ce que tu me donnes. Mes mains n'avaient plus l'habitude des belles choses. Passes-y tes liens, garde-moi là. Je prendrai la place que tu me laisseras, celle que je ne suis pas sûr de mériter.

Louise — T'es-tu imaginé, parfois, une fin de journée sur la mer et notre fils sur tes épaules ?

Pierre — Tu m'arrives juste avant la vieillesse. Tu es ma vengeance d'ancien jeune homme, la seule qui puisse encore compter, si tu le veux tu seras même la dernière.

Louise — Pourquoi te donnerais-je mes plus belles années, je n'ai pas eu droit aux tiennes.

Pierre — J'étais inachevé, c'est maintenant que mon amour compte, les femmes vers qui j'ai marché n'ont fait que me conduire à toi.

Louise — Regarde, Pierre, on paye toujours d'avoir aimé. Centime par centime, chaque seconde, le moindre soupir, et le prix est souvent exorbitant.

Pierre — Non, je m'en veux de t'avoir fait croire ça. J'ai tissé ton corps dans un mensonge.

Louise — Je pense que tu es trop vieux.

Pierre — Ne dis pas ça.

Louise — Et sans moi tu le seras encore plus.

Pierre — Louise…

Louise — C'est terrible, n'est-ce pas, quand on vous reprend tout ?

Pierre — Tu te venges ? Tant mieux, c'est mérité. Je t'ai rendue triste, par négligence et par orgueil. J'ai laissé tes paroles tendres se heurter à mes airs bienveillants. Il n'y avait que le silence pour répondre à tes je t'aime et certains soirs tes propres sanglots.

Louise — Ta lâcheté t'as rendu ordinaire, il fallait que je t'aie en face pour me rendre compte, pour ne plus attendre.

Pierre — J'étais arrogant, je me disais que tu serais patiente, qu'à ton âge on a le temps.

Louise — Le problème avec les autres, c'est qu'on attend tout d'eux et qu'ils n'ont rien à donner.

Pierre — Je pourrais tout arranger.

Louise — Je n'ai plus envie du brouillard dont tu t'entoures. De tes tendresses errantes et de tes courants nord. Finalement, les choses passent.

Pierre — Maintenant je suis tout à fait seul.

Louise — Va retrouver tes fantômes, les frissons accumulés avarement, toutes les ombres que tu as laissées coucher entre nous et qui t'ont pris à moi. J'espère qu'elles te combleront.

Elle sort.

Pierre — J'ai le souvenir d'un jour plus triste encore que celui-là. Je t'avais fui depuis sept heures, le ciel était bas, il semblait sale, terreux. Une immense langueur écrasait les maisons, Trieste est un endroit sans charme, j'arrivais par le train. Et avant même de connaître cette ville je la détestais déjà. Je maudissais le vide de ses rues, les places avec leurs fontaines idiotes et l'infinie solitude qui, sur le quai, attendait patiemment mon passage. Pourquoi a-t-on bâti de pareils endroits, toutes ces cités qui ne ressemblent pas aux hommes, toutes ces avenues trop grandes pour marcher seul ? Les pierres jaunes des chemins, les vendeurs de poisson, les yeux souriants, les mains grises, des voix aigres comme du violon, aucun mot pour moi. Une Andromaque de province, un fils collé contre son sein, son mari buvant sa grappa devant l'église… Mais toi, nulle part. Je n'en voulais pas, de cette poussière ocre qui me donnait l'air d'un autre. Comme j'avais peur, mon amour. Misérable petit homme dans un costume sale, voyageur tremblant écœuré des odeurs d'un pays nouveau. J'avais peur mon amour, et tu ne pouvais pas savoir.

Noir.

Dépôt légal : juin 2015

COPYMÉDIA IMPRIM'VERT®

Achevé d'imprimer en juin 2015
par **www.copy-media.net**
CS 20023 - 33693 MÉRIGNAC CEDEX